DATE DUE

| | | | |
|---|---|---|---|
| | | | |
| | | | |
| | | | |
| | | | |
| | | | |
| | | | |
| | | | |
| | | | |
| | | | |
| | | | |
| | | | |
| | | | |

# LA FERIA MUSICAL DE MATEMÁTICAS

Escrito por Sue Kassirer
Ilustrado por Jerry Smath
Adaptación al español por Alma B. Ramírez

Kane Press, Inc.
New York

Book Design/Art Direction: Roberta Pressel



Library of Congress Cataloging-in-Publication Data

Kassirer, Sue.
Math fair blues/by Sue Kassirer; illustrated by Jerry Smath.
p. cm. — (Math matters)
Summary: Seth and his rock band perform at the school math fair and are surprised to find they are one of the prize winners.
ISBN 13: 978-1-57565-153-8 (pbk. : alk. paper)
[1. Geometry—Fiction. 2. Schools—Fiction. 3. Musicians—Fiction.]
I. Smath, Jerry, ill. II. Title. III. Series.

PZ7.K1562 Mat 2001
[E]—dc21 00-011405

CIP
AC

10 9 8 7 6 5 4 3

First published in the United States of America in 2001 by Kane Press, Inc.
Printed in Hong Kong.



www.kanepress.com

Hablar de problemas. El mío se llamaba la Feria de Matemáticas, y sólo faltaban tres días para que llegara. ¿Adivinen quién no tenía un proyecto? Yo. Tampoco mis amigos. Estábamos demasiado ocupados con nuestra nueva banda de rock... ¡lo cual me dio una idea!

—¿Podría nuestra banda presentar un concierto en la feria en lugar de un proyecto? —le pregunté al Sr. Wall al día siguiente—. Usted nos dijo que el ritmo es como las matemáticas.

—Seguro que lo dije, Seth —dijo el Sr. Wall. Pensó muy seriamente—. Muy bien. Pueden tocar, pero todavía tienen que hacer proyectos matemáticos.

¡Nuestro primer concierto verdadero! Mis amigos estaban emocionados también, pero no acerca de los proyectos matemáticos. La única que no gruñó fue Dana. ¿Y por qué lo haría? Ella siempre saca A en matemáticas.

Después de clase practicamos en casa de Dana.

—¿Qué nos vamos a poner? —preguntó ella cuando habíamos terminado—. ¿Y qué tal un nombre?

Dana tenía razón. Necesitábamos un nombre y una imagen... ¡también necesitábamos un proyecto matemático!

—¿Por qué no hacemos imprimir camisetas con dibujos que estén en la onda? —dijo Jo.

—Eso costaría una fortuna —dijo Harry, practicando su reverencia.

—¡Ya sé! —dijo Dana—. Podemos imprimir nuestras propias camisetas con un equipo para imprimir que recibí por mi cumpleaños. Solamente traigan una camiseta blanca mañana.

—También ideas para diseños —dije yo.

—Y para proyectos matemáticos —agregó Dana.

—Sí, sí —dijimos todos.

Al día siguiente empezamos a practicar en unas camisetas viejas. ¡Qué bueno que lo hicimos! ¡La guitarra de Harry terminó pareciéndose a un florero con una flor adentro! Jo se echó más pintura en la camiseta que traía puesta que en la que estaba pintando.

—Estoy cansada —dijo Dana—.Vamos a tomar un descanso.

—¿Qué tal una merienda? —dijo Jo—. La mantequilla de cacahuate con jalea siempre me ayuda a pensar mejor.

¡Sí que ayudó! De repente, Jo gritó:

—¡Tengo una idea!—. Lavó el frasco vacío de jalea y lo sumergió en la pintura roja. Luego lo presionó sobre su camiseta. ¡Abracadabra! ¡Un círculo rojo perfecto!

—¡Oigan! —gritó Dana—. Podríamos usar otros frascos también, unos más grandes, otros más pequeños...

—¿Por qué utilizar frascos solamente? —dijo Harry—. Miren todo esto. Podemos imprimir muchas formas, triángulos, cuadrados, rectángulos, todo lo que podamos encontrar.

—Bueno, no todo —dijo Dana, corriendo hacia mí.

—¡Cielos!—. Yo había levantado el mejor florero de cristal de su mamá.

—Miren esto —dijo Dana. Estaba haciendo un bonito diseño con un bloque amarillo.

Era justamente la forma que yo quería: un rectángulo. Pero yo conocía a Dana. Lo usaría eternamente.

¡Ajá! Divisé una pequeña casa de muñecas de plástico. La parte de abajo era del mismo tamaño y forma que el bloque. ¡Además, tenía una asa grandiosa!

Harry seguía murmurando: —Los triángulos se verían súper. Pero no puedo encontrar una forma triangular. Todos lo ayudamos a buscar. No fue fácil. Las cosas que encontramos eran muy grandes...

muy rompibles...

o con puntas.

Dana salvó el día.

—¡Miren! —gritó—. ¡Esta caja de dulces es perfecta!

Era perfecta. Harry usó la tapa para los triángulos verdes y la parte de abajo para los amarillos. Y a todos nos tocó volver a merendar.

—¡Ea, miren! —gritó Jo de repente. Dibujó una línea a través de un cuadrado, de una esquina a la otra—. Dos triángulos —dijo—. ¿Soy un genio o qué?

¡Había formas escondidas por todas partes!

Finalmente terminamos. Y pregúntale a cualquiera. Ninguna imprenta elegante podría haber hecho un mejor trabajo. Las camisetas se veían grandiosas. —Todas son diferentes —dijo Dana—. Pero todas hacen juego.

Nos levantamos temprano al día siguiente para nuestro ensayo con trajes. Tocábamos muy bien. ¡Y el perro de Dana fue nuestro publico!

Íbamos caminando a la escuela cuando me acordé.

—¡Oh, no! —dije—. Se nos olvidaron los proyectos matemáticos.

—¡Cielos! —dijeron Harry y Jo.

—Ya es demasiado tarde —dijo Dana—. Sólo espero que el Sr. Wall nos permita hacer nuestra presentación musical.

Pero esa mañana el Sr. Wall tenía la mente en otra cosa. ¡Un examen sorpresa de matemáticas!

—Qué suerte —pensé—. Mi peor materia. No tengo proyecto. ¡Y ahora una prueba!

¿Pero adivinen de qué se trataba la prueba? ¡De las formas de 2 dimensiones, exactamente como las de nuestras camisetas! Los cuatro nos guiñamos. ¿Adivinen qué más? ¡Yo sabía todas las respuestas!

Sin darnos cuenta, llegó la hora de acomodar los proyectos matemáticos.

—Vámonos de aquí —susurró Harry—. El Sr. Wall quizás se olvide de nosotros si no nos ve.

Rápidamente nos fuimos derechito al auditorio.

Nos escondimos detrás del escenario hasta que llegó nuestro gran momento.

Finalmente se abrió la cortina.

—¡Bienvenidos! —dijo la directora, la Sra. Phillips—. Antes de presentar los premios, tenemos una sorpresa especial: nuestra propia banda de rock estudiantil, los… eh... Nos miró.

—¡Se nos olvidó poner nombre a la banda! —susurró Jo.

—Además de haber olvidado los proyectos matemáticos —dijo Dana.

Alguien tenía que hacer algo, rápido. Así es que tomé el micrófono y dije: —¡Los Roqueros de 2 Dimensiones!

Los del público aplaudieron como locos, y empezamos a tocar.

¡Les encantó! Los aplausos continuaron y continuaron y continuaron. La Sra. Phillips tuvo que callar a todos para poder entregar los premios.

En cuanto nos sentamos, dejé de sentirme como una estrella de rock. Era un chico regular otra vez, un chico sin proyecto matemático.

Me puse muy nervioso. No escuché nada hasta que la Sra. Phillips dijo: —Y ahora nuestro último premio. Es nuevo y es para el Proyecto Matemático Más Artístico. Es para…

¡Los Roqueros de 2 Dimensiones, por su proyecto matemático de camisetas!

¿Proyecto matemático? ¿Premio? ¿Nosotros? ¡No podíamos creerlo! ¡Habíamos ganado un premio en la Feria de Matemáticas!

Nuestro público gritaba: —¡Que toquen! ¡Que toquen!

Así es que tocamos otra vez. Y una cosa es cierta: ¡Los Roqueros de 2 Dimensiones estában en gran forma!

ÁFICA DE LAS FORMAS DE 2 DIMENSIONES
quí hay algunas formas de 2 dimensiones.
ncuentra las formas que sean congruentes.
Congruente significa del mismo tamaño y de la misma forma.
ngulo tiene
¡Estos son congruentes!
cuadrado tiene
dos
squinas
¡Estos son congruentes!
n triángulo tiene
lados
esquinas
¡Estos son congruentes!
Un círculo tiene
0 lados
0 esquinas
¡Estos son congruentes!